Eva Strittmatter
Der Winter nach der schlimmen Liebe

Den Söhnen

Ich bin mir selbst genug.

Was alles ist in mich gefallen
An Leben Sterben mit den Jahren ...
Manches habe ich ganz erfahren
Und andres halb. Wenig von *Welt*. (Von allen
Meinen Sünden ist die kleinste Selbstbetrug.)
Ich inspiziere meinen *Innenraum*:
Da schläft ein Stein. Da wacht ein Baum.
Ein Himmel wölbt sich über mir.
Neben mir lebt vertraut ein Tier.
Ich hab noch eine kleine Zeit
Und eine Strecke Wegs zu gehn.
Aber es kann auch heut geschehn.
Dann wars genug. Ich bin soweit.

Gibts Hinderungsgründe oder ist er ein *Stein* …
So unbarmherzig kann keiner sein,
Daß er einem, der schreibt, er stirbt vielleicht,
Nicht ein Wort des Trostes hinüberreicht.
Und ich bin wirklich schlimm daran.
Man sagt mir, daß ich sterben kann,
Diesen Tag, diese Nacht. Es macht ihm nichts,
Dem bösen Schönen meines Gedichts.
Er gibt mir kein Wort, das Hoffnung kreißt
Und mein Herz mit dem Sauerstoff Freude speist.
Es würde mir helfen. Er weiß es genau,
Doch er fragt lässig: was will die Frau,
Sie gehört nicht zu mir, ich bin nicht in Pflicht.
Sie verwechselt das Leben mit dem Gedicht.
Was schreibt sie an mich, sie sei in Gefahr,
Als ob ich ihr Hüter sei oder war …
Sie hat mich schreibend an sich gebunden.
Doch habe ich kein Gefühl empfunden
Für sie. Ihr Leben geht mich nichts an.
Soll sie sich retten, wenn sie sich retten kann.
Kann sie es nicht, so soll es nicht sein.
Ich bin ohne Schuld. Mein Gewissen ist rein …
Oder gibt es doch Hinderungsgründe?
(Er ist nicht da!) Dann begeh ich die Sünde
Des Zweifels an ihm.
Krank wie ich bin, bin ich kinderklein:

Ich wollte, er sollte *gut* zu mir sein.

20. Oktober

Das letzte *Draußen* dieses Jahr.
So spät im Jahr noch Nachempfinden
Des Sommers, der ein Sommer *war*,
Nicht zu vergessen zu verwinden.
An diesem Platz saß *er* mit mir,
Die große Täuschung meines Lebens.
Aber er war doch drei Mal hier!

Und Liebe liebt niemals vergebens.

Nach der Liebe

Verwüstet wie nach einem Beben,
Taifun, Monsun, Tsunami aus dem Meer.
Im Mondschein alles menschenleer,
Doch irgendwo verbirgt sich Leben
Und kriecht hervor, wenn sich die Stürme legen,
Wenn die Tsunamiwoge weicht.
Irgendwann wirds auch mich bewegen.

Noch ist die Ruhe nicht erreicht.

Jetzt ist die Liebe mit Haß untersetzt.
Rein kann ich für ihn nicht mehr fühlen,
Die Liebe will sich in Rache abkühlen.
Dabei bin *ich* es, die sich verletzt.

Ihn erreicht nicht mein Rachdurst. Er fühlt nichts
vom Hasse.
Er lebt sein Leben, als sei nichts geschehn.
Statt ihn zu hassen, sollte ich flehn,
Daß ich doch endlich von ihm lasse ...

Ich will ihn nicht mehr kennen.
Ich male mir aus, ich werde ihn sehn
Und werde an ihm vorübergehn
Grußlos ihn nicht mit Namen nennen.
Er wird wieder jener Niemand sein,
Der er war vorm Erleuchten meines *Gesichts*.
Ich schloß ihn lebend mit Liebe ein:
Libelle im Bernstein meines Gedichts.
Da wird er bleiben. Sonst wird er vergehn.
Ich kenne ihn nicht mehr. Ich will ihn nur *sehn*.

So traurig wie in diesem Jahr
Bin ich noch niemals gewesen.
Ich bin auch nie so alt gewesen
Und erst so jung wie dieses Jahr.

Ich weiß, mir wird kein Trost mehr werden
Und ungetröstet muß ich leben.
Aus meinen schweren Herzbeschwerden
Muß ich mit Willen mich erheben ...
Wille und Pflicht sind mir verhaßt.
Die leichte Kinderlust zu spielen,
Hatte mich mit dem Glück erfaßt
Und mich entfernt von allen Zielen,
Die würdig sind und die man nennt,
Um jene Richtung anzuzeigen,
In der man hin zum Tode rennt ...
Ich wollte diesem Weg abzweigen
Und in der Mulde Veilchen ruhn,
Die plötzlich dufteten auf Erden ...
Sie sind verwelkt. Was nun zu tun?

Kein Trost, ich weiß, wird mir mehr werden.

Es *war* doch Liebe oder war es *nicht*?
Zurückgestoßne Liebe ist nicht weniger Liebe
Als die umherzte. Mein Gesicht
Verlor ich zwar dabei. Aber ich triebe
Mit dem Entsetzen Scherz, wollte ich sagen,
Daß alles nur ein Irrtum war …
Der Alptraum Liebe war so schwer zu tragen.
Und wird noch sein nach Tag und Jahr.

Selbstachtung, die mich sicher macht,
Selbstliebe habe ich nicht mehr.
Ich lausche in die offne Nacht –
Mit ihr kommt der November her …
Wie wird mir dieser Winter schwer,
Wie schwer wirds sein, zu überleben,
Das *Herz*, versotten, will nicht mehr.
Nichts kann der Seele Frieden geben.
Ich bin so trost- und hoffnungslos.
Das Bild der Liebe ist geschändet.
Scham drüber, daß ich mich so groß
Getan mit ihr, die so verspottet endet.
Sie hat mein Selbstgefühl vernichtet.
Rauch aus der Asche bitterlich.
Darauf war eine *Welt* errichtet,
Auf diesem ausgebrannten *Ich*.
Und nun vor einem langen Winter,
Vor einer langen trüben Zeit.
Ich muß hinüber, *muß*. Dahinter
Macht sich vielleicht ein *Ich* bereit,
Ein neues, um mich neu zu sehen …
Sechs Monde ist der Mai nur weit.
Ich will sie lebend überstehen.
Stumm als ein Stein, wenn es dann schneit.

Ich bin sehr sanft gestimmt heut nacht.
Hab mit der Hoffnung Schluß gemacht.
Nicht mit der Liebe. Nistet noch in mir.
Von ihr
Kann ich nicht lassen. Alles Wissen,
Daß *er* ihrer ganz unwert ist,
Hindert mich nicht, ihn zu vermissen,
Hilft meinem kranken Herzen nicht. Es frißt
An ihm, es ist vom Gram gebrochen,
Der nun schon an die dreißig Wochen
Als Gift in meinen Adern kreist.
Nichts nutzt es, wenn mir wer beweist,
Daß er nicht wert ist, ihn zu kennen,
(Noch seinen Namen nur zu nennen).

Hab keine Kraft, ihn auszumerzen,
Den *Inkubus* aus meinem Herzen.
Die Hoffnung hab ich aufgegeben:
Ich hoffe, sanft hinwegzuleben,

Ich will und will noch glücklich werden ...
Erwarten will ichs, daß von Erden
Ich aus dem Glück hinuntergehe.
Einen, dem ich so nahestehe,
Daß er mein Grab mit Tränen netzt,
Will ich erwarten, bis zuletzt
Er mir als *Liebe* noch erscheint ...
Es kann nicht sein, daß keiner weint
Um mich, wie ich um einen weinte. Will ihn haben,
Den starken Greis, den schwachen Knaben,
Der an mir hängt mit allen Sinnen ...
Doch vorher muß ich erst beginnen,
Das Bild des *Schönen* zu zerstören.
Er ist mir immer noch im Licht.
Und ich kann keinen andren hören,
Weil *er* noch immer zu mir spricht.
Aber ich will noch glücklich werden ...
Und seis am *letzten Tag* auf Erden.

Ein Nebelgebilde aus Nacht und Gesang –
Das ist mein *Lebensgefährte*,
Den Frühling, den Sommer, den Spätherbst lang.
Wenn nur der Tag sich erst jährte,
An dem der *Vampir* als Mensch mir erschien.
Dann wird das Wahnbild zerstieben.
In der dreizehnten Nacht des April muß er fliehn
Und ich ihn nicht mehr lieben …

Ich leb noch immer auf ihn hin:
Daß ich ihn doch noch wiedersehe.
Wenn ich es auch nicht eingestehe:
Daß ich so sehr verändert bin,
Kommt von der irren Hoffnung her,
Ihn eines Zufalltags zu sehen.
Hoffnung und Wille wollen sehr,
Ich soll dann anders vor ihm stehen,
Als ich ihm in Erinnrung bin.
Wie ich *einst* war, soll er mich sehen …
Ich rückgewinne mein Gesicht,
Das leichte, lichte. Nicht verstehen,
Erstarren soll er: liebte ich sie *nicht*?

Die Liebe ist in mir *zentriert*.
Wie Antimaterie hab ich sie verdichtet
Zu schwarzem Gestein.
In mir ist ein Weltall aus Liebe errichtet.
Unsichtbar wird es bleiben und sein.
Was abstrahlt von der verdichteten Liebe,
Kreist nur in meinem Fleisch und Gebein,
Dringt nicht nach außen, will *ihn* nicht erreichen.
Er braucht mir nicht mehr auszuweichen
Aus Furcht, von mir geliebt zu sein.

Mit dieser Liebe werd ich bis zum Ende gehen.
Lebendig geb ich sie nicht her.
Ich will aus ihr nicht auferstehen
Seelisch gereinigt, aber leer.
Sie ist mein *Nugget* Glück auf Erden.
(Und ist es auch nur Katzengold
Und kann in nichts gewechselt werden.)
Der, den ich liebe, ist unhold
Zu mir und wird es bleiben.
Aber was kümmert *dieser* mich?
Aus *meiner* Winterliebe treiben
Zweige und sie begrünen sich.

Das Unmaß an Unglück, das mich vergiftet,
Es ist mit keinem Maß auszumessen:
Es gibt keine Waage, es gibt kein Gewicht.
Man kann wohl sagen: ich bin besessen.
Doch sagt es das Unmaß des Unglücks nicht.
Mir fehlt der Glaube, der Kerzen stiftet,
Erlösung fleht und fleht um Licht.
So bleibe ich in mir vom Unglück vergiftet.
Und zeige nach außen mein Gleichmutsgesicht.

Ich werde mich nicht in *Behandlung* begeben,
Mich keinem *Helfer* anvertraun.
Ich muß mein also zertrümmertes Leben
Aus eignen Kräften auferbaun …
Ich weiß, daß ich krank bin. Vom Irrsinn gespalten.
Neben dem Selbstmord krieche ich hin.
Noch gelingts mir, mich nahe dem Abgrund zu halten,
Doch weiß ich nicht, wo ich morgen bin.
Ich habe jede Bindung verloren
An die doch einstmals versprechende Welt.
Mir hat sich schlechterdings alles verschworen,
Kein Funke mehr, der mein Leben erhellt.
Nicht, daß man mir keine Freuden machte.
Sind Menschen um mich, die sorgen sich.
Aber *er*, daß er meine Liebe verlachte,
Und schlimmer noch das: er verachtet mich.
Und ich komme von dieser Liebe nicht frei.
Eine Schellackplatte mit einem Sprung
Wiederholt, wiederholt, wiederholt einerlei:
Er liebte mich, liebte mich, wäre ich jung …
Das ist eine Krankheit. Ich bin mirs bewußt.
Wann wird die Krankheit mich endlich verlasssen.
Ich pendle mit masochistischer Lust
Noch immer zwischen Lieben und Hassen.

Lullaby

Wer singt das Wiegenlied dem Kind?
Es ist der Regennovemberwind.
Nacht ist und alles ist wie es ist.
Gesetzlich kommt der Novemberregen.
Bald wird sich Schnee auf die Erde legen.
Das Dach schützt dich vor Regen und Schnee.
Lullaby, schlaf, dann tut es nicht weh.
Vielleicht kommt ein Traum, der dich selig macht
Mit dem Regenwind der Novembernacht.

Kunst, in den Schlaf zu entkommen
Aus Trauer, Kränkung, Bitternis,
Dem Haß auf *ihn*. (Der Vipernbiß.)
Wiederum *Valium* genommen ...
Daß ich mich ins Vergessen stehle,
Vergifte ich mir Leib und Seele ...
So geht es schon ein halbes Jahr.
Ich weiß nicht, wer ich vorher war,
Und will nicht wissen, was gewesen ...

Ich will nur schlafen. Und *genesen*.

Noch immer nicht Erinnerung.
Es ist noch immer Gegenwart.
Der Schmerz ist immer noch beinhart.
Noch immer keine Linderung.
Ich kann und kann mich nicht erheben
Nach diesem Schlag gegen mein Leben,
Den er aus bloßem Leichtsinn führte.
Und daß mein Leiden ihn nicht rührte
Zu einem Wort der Menschlichkeit,
Macht dieses Leiden um so schlimmer.
Es wird nicht zu Vergangenheit.
Das heißt: ich liebe ihn noch immer.

Wer räumt in meinem Leben auf,
Wer nimmt mich als sein *Mündel* an,
Gebietet mir, was ich nicht kann,
Von den Gefühlen abzulassen
Und nicht zu lieben, wo ich hassen
Sollte. Wer prügelt mir den Gleichmut ein,
Fegt meine Seele besenrein,
Umgattert das Gefühl mit Planken
Und zwingt mich wieder, die Gedanken
Unterzuordnen einem *Sinn*?

Keiner wirds sein, wenn ichs nicht bin.

Von allem, allen abgesondert.
Zu keinem sehne ich mich hin
Als nur zu ihm, für den ich nicht mehr bin …
Wie ist es möglich, daß von all den vielen
Menschen, die mir begegnet sind,
Nicht einer seine Rolle spielen
Kann. Für alle blind,
Sehe ich ihn nur, der mir gleicht.
Er hat etwas in mir erreicht,
Was tief in uns verborgen ist.
Wie Vorgeburt. Was man vergißt
Und was doch manchmal ahnbar scheint.
Entzweit mit uns, mit uns vereint,
Ists bei der Zeugung mitgezeugt,
Bei der Geburt ists mitgeboren.
Als er sich zu mir hingebeugt,
Fand ich es wieder und – verloren.

Ich lebe in einem leeren Raum,
Überfüllt mit Dingen, die ich längst nicht mehr will.
Es ist November. Die Zeit steht still.
Wie sie nur im November stillstehen kann.
Die Dinge reden mich nicht an.
Und erst Nachmittag. Erst gegen vier.
Im dämmernden Draußen dunkel das Tier
Der Seele birgt sich im Baum.
Im Flieder birgt sich die Amsel vor Nacht.
Ich lebe in meinem leeren Raum.
Zur Nacht von der schlafenden Amsel bewacht.

Sollte ich nicht in die Zeitung schreiben,
Ich suche einen, der mit mir lebt,
(Was für Geheul sich da auch erhebt),
Er soll nur einfach bei mir bleiben.
Das Unglück ist, daß ich keinen kenn,
Von dem ich wollte, er solle die Tage
Teilen mit mir, die Tage, nicht Nächte,
Die ich schon irgendwie hinter mich brächte.
Die wirkliche *Überlebensfrage*
Ist, wie verbrenn ich die Tage
Mit Freude, die ich allein nicht schüren kann …
Gefährte gesucht. So zeige ichs an.

Ich leide noch immer so lächerlich
Verzweifelt an dem Liebesverlust.
Das Herz schmerzt Gefahr. Bewußt
Ist mir alles. Ich
War schon immer im *Urteilen* groß.
Doch löst der Verstand von ihm mich nicht los.
Ich habe alle Freude verloren.
Gewiß, an der Liebe leiden nur Toren
Wie ich an ihr leide lächerlich.
Und doch: Als Todesdrohung triffts mich.

Ist es der Vogel der Nacht, der da singt?
Es ist November und kann nicht sein.
Was ist es, das die Sphären durchdringt
Und Innen und Außen stimmt überein?
Es ist der sanfte Schlaf, der singt
Mit *Bulbuls* Stimme mild mich ein.
Er hat den Ton der Nacht angenommen,
Den Sphärenton der Maiennacht,
Als alles schien und war im Kommen.
Da sang die Nachtigall zur Nacht.

In einer Welt ohne rettenden Sinn –
Man lebt nicht, ohne sein Herz zu verhärten
Und sich zu sagen: *ich* aber *bin* –
Gibt es doch Wasser und gibt es noch Gärten,
In denen Zeit sich aus Knospen entfaltet
Hinein in den blühenden Sommerblust
Und dann in den Winter, der eisstreng waltet
Mit Keimen des Frühlings: Märzgrüne Lust …
Es gibt so wenig, woran sich zu halten.
Und *Blühn* ist vielleicht der einzige Sinn.
Gelingts uns auch nicht, die Welt zu verwalten –
Die Erde sagt immer noch: *ich* aber *bin*.

Ich möchte ihm schreiben: ich *bitte* Sie,
Rufen Sie mich nur *ein Mal* an ...
Bedenken Sie doch, es ist schon Dezember ...
Sie wissen, daß ich nicht anrufen kann.
Ich habe gelobt, es zu unterlassen,
Und habe mich an den Vorsatz gehalten.
Denken Sie nie, wie mir an den kalten
Einsamen Abenden ist?
(Sie wissen, ich bin die, die niemals vergißt.)
Sie könnten frei nach dem Telefon fassen
Und einfach nur fragen: wie geht es Ihnen?
Wie Sie es früher fast täglich getan,
Als wir so etwas wie Freunde schienen.
Dezember. Sechs Monate, seit wir uns sahn.
Was fürchten Sie, wenn Sie mit mir sprechen,
Nach so langer Zeit, wenn Sie *menschlich* sind?
Ich werde mein Gelübde nicht brechen,
Nicht bitten, nicht schreiben. Nur in den *Wind*.

All meine Freunde sind einsam wie ich.
Ich höre den einen, der andre hört mich.
Wir sprechen von dem Lebensstück,
Das vor uns noch liegt. Ohne Anspruch auf *Glück*.
Ich sage nicht, daß ich unglücklich bin.
Nicht *glücklos*. Das wäre ja zu ertragen,
Aber mir liegt nur mein Unglück im Sinn.
Und von der Liebe will ich nichts sagen.
Ich spreche vom Alter allgemein.
Wie meine Freunde vom Alter sprechen.
Ich wollte niemals kleinmütig sein.
Aber das Unglück will mich zerbrechen.
Es hat mir schon das Rückgrat gebrochen.
(Ich kann schon nicht mehr aufrecht stehn.)
Es ist in mich hineingekrochen
Und läßt sichs in mir wohlergehn.
So krümme ich mich ins Alter hinein,
Mit meinen Freunden im Alter verbunden.
Und eben noch schienen wir jung zu sein!

Ich wars dieses Jahr noch. Für ein paar Stunden.

Den Schrei in Worte zu übertragen,
So daß er seine Seele erreicht,
Gelingt mir nicht.
Der Schöne, der meiner Seele ausweicht
Als vor Gefahr, soll mir nur sagen,
Er weiß noch immer, daß es mich gibt
Und daß von den glorreichen Sommertagen,
An denen ich ihn so verzweifelt geliebt,
Ein Schimmer Erinnerung in ihm ist,
So daß auch er mich nicht vergißt …
Ich schreie. Ich erreiche ihn nicht.
Der Schrei erstirbt vor dem Gedicht.

Mein Körpergefühl verschaffe ich mir
Zur Nacht mit einem Melissenölbad.
Wohltemperiert um die zwanzig Grad.
Schon wieder eine neue *Sucht*.
Ohne das Abendbad geht es nicht mehr.
(Schlafmittel nehme ich nebenher.)
Ich beobachte mit Beklemmung die Flucht
In Rituale zur Zähmung der Tage,
Mit denen ich die Manien ertrage,
An die ich ausgeliefert bin.
Vor allem die Frage: Hat es noch Sinn?
Noch immer dieselbe Musik jede Nacht,
Von Aberhunderten nur diese eine,
Die mir noch immer Empfindungen macht.
Ich rauche im Dunkeln. Nicht, daß ich weine.
Ich bin am Ufer angekommen.
Den Langstreckentag habe ich durchschwommen
Bis an das rettende Ufer der Nacht.
An dem es sich dann friedlich wacht.

Kindisch wie ein verzweifeltes Kind,
Das sich vorstellt, es stirbt, und wie sie bedauern,
Seine Eltern, die dann Verwaiste sind,
Daß sie Unrecht ihm taten, seh ich ihn trauern,
Wenn ich an *ihm* gestorben bin …
So kindisch verzweifelt ist mir zu Sinn.
Um Liebe geht es längst nicht mehr,
Um nichts mehr, was das Herz erfreut.
Nur, daß er nicht menschlich war, ist so schwer
Zu ertragen, und daß ihn nichts reut.

Ich habe mich allem ausgesetzt:
Dem Hohn, dem Spott, dem geilen Witz.
Ich habe *das* Tabu verletzt,
Indem ich meinen geheimen Besitz
Ans Licht hinbrachte. Tut man nicht.
Spricht nicht von Liebe. Im Gedicht?

Jetzt schlaf ich ein, jetzt schlaf ich ein.
Jetzt denke ich nicht mehr an ihn.
Jetzt werde ich ganz ruhig sein
Und in das Nichts der Nacht einziehn …
Doch die Beschwörung hilft mir nicht.
Nichts ist mit *Autosuggestion*.
Und spät erst kommt das Morgenlicht.
Und wenn es kommt, fehlt doch der Ton
Der Amselkehle, die es kündet:
Dezember, diese dunkle Zeit.
Und Nacht und Schlaf sind unverbündet.
Sind immer noch in mir entzweit.

In diesem Sommer bin ich weiß geworden.
Nicht *weise*. Weiß ist nun mein Haar.
In diesem herzbestürzten Jahr
Sind meine Haare weiß geworden
Vom Unglück einer kranken Liebe,
Die in sich so unmöglich war,
Wie nur die Fantasie sie schriebe,
Die lebt von kalten Seelenmorden.
In diesem kalten Unglücksjahr
Sind meine Haare weiß geworden.

Wie glücklich war ich dieses Jahr!

Es schwinde die Erinnerung
Im Widerwillen gegen sein Gesicht,
Das ich noch immer schön beschwören könnte.
Er, der mir keinen Blick mehr gönnte,
Und schweigt und schweigt, nicht zu mir spricht –
Nein, ich beschwöre ihn mir nicht.
Will die *Magie* jetzt von ihm wenden.
Ich will ihn mit Gewalt beenden
In mir, so wie man *Canzer* heilt.
Ich geh durch Wasser, das sich teilt,
Nachtschwarz und tot. Das Wasser *Lethe*.
Die ich seit langem nicht mehr bete,
Bete: laß es mich überstehn …
Weh! er erscheint. Mich anzusehn.

Remind me, remind me, erinnere mich,
Wer du auch bist und wo du auch bist.
Ich bin es, die dich noch immer vermißt,
Und bald vor drei Jahren begruben sie dich.
Du hast mich verloren zurückgelassen.
Ich wollte nicht länger verloren sein
Und suchte, nach einem andren zu fassen.
Ich bildete mir eine Liebe ein,
Um dem Verlorensein zu entkommen.
Remind me, remind me, erinnere mich,
Du hast mir sterbend das Leben genommen,
Denn das ist kein Leben mehr ohne dich.
Kannst du von dorther nicht über mich wachen,
Remind me, remind me, erinnere mich.
Ich würde mich auf den Weg zu dir machen,
Wäre ich sicher, ich fände dich.

Ich kann es nicht hindern, ich sehne mich
Nach einem Menschen, der zu mir gehört.
Ich sehne mich sehr bitterlich.
Von diesem leeren Sehnen verstört,
Durchirr ich die Tage. Kein leichter Gedanke
Erhellt noch mein verwirrtes Gehirn,
Ich sehe mich selber als Wahnsinnskranke.
Über mir steht ein übles Gestirn,
Das seinen Giftstrahl auf mich richtet.
Ich weiß es noch nicht und bin schon vernichtet.
Für mich wirds keine Rettung mehr geben …
Aber wie soll ich dann weiterleben,
Mit diesem Sehnen Tag und Nacht.

Das ist schon außer meiner Macht.

Karussell I

Außerhalb des Lebens
Und unverbunden lebe ich,
Manisch bezogen nur noch auf mich,
Außerhalb des Lebens.
Und sehne mich, wieder inmitten zu stehn
Und mich um die Achse der Liebe zu drehn,
Aber da ist keiner zu sehn
Als Mitte meines Lebens.

Sprache

Die klare Sprache Ja und Nein,
Die Wirklichkeit und nicht ihr Schein
Bedeutung. Sie bedeutet nichts,
Nur Auf- und Untergang des Lichts.
Die klare Sprache Ja und Nein,
Und meine eigne Zeit zu sein.
Die *Zeitansich* betrifft mich nicht.
Nur meine kleine Zeit im Licht.
Die klare Sprache Ja und Nein.
Tag oder Nacht. Eins kann nur sein.
Kein Rätsel im und aus dem Wort.
Nachricht vom mir bestimmten Ort,
An dem ich lebe unterm Licht
Der Jahreszeiten und dann nicht.
Ich bin, dann werd ich nicht mehr sein.
Die klare Sprache Ja und Nein.

Allopathie, Homöopathie,
Antipathie, Sympathie –
Begriffe, Begriffe und Medizin.
Ich kann nicht schlafen, denke an ihn.
Wieso er mir nur schön erschien …
Und wieder ist es drei Uhr früh.

Wenn ich ihm gute Wünsche sende,
Wenn ich mit dieser Floskel ende
Zum Ende jener Demutsbriefe,
In denen ich tue, als ob sie schliefe
In mir, die gekränkte Liebe,
Und die ich, hätte ich *Stolz*, nicht schriebe,
Weil ich doch nie ein Echo empfange,
Nach dem ich ins *Nichts* hinlauschend verlange,
Dann lüge ich in sein schönes Gesicht:
Ich wünsche ihm Unglück, das ihn zerbricht.

Nie hätte ich mich für fähig gehalten,
Diese Irrsinnsgefühle zu fühlen:
Es verlangt mich, mir den Brustkorb zu spalten
Und das brennende Herz zu kühlen.
Es muß heraus, es muß in den Wind,
Ins Eis, in die Kältekammer.
Daß wieder kalt die Gedanken sind
Und zu Ende der elende Jammer.
Sonst sterb ich daran. Ich fürchte mich sehr.
Nicht davor, mich zu verwunden.
Brennte nur erst das Herz nicht mehr,
Würde ich gesunden.

Ich versammle meinen zerbrochenen Wert.
Die Scherben hab ich zusammengekehrt,
Die von mir blieben nach dieser Liebe.
Wenn mir auch die Achtung der anderen bliebe,
Er hat mich verworfen, zerbrochen mein *Ich*.
Zerbrochen verworfen mühe ich mich,
Die Scherben zu heben ins heilende Licht.
Die Bruchstellen bleiben, sie heilen sich nicht.
Vielleicht mag es neue Lichtprismen geben,
(Zersplittertes Licht aus zerbrochenem Leben),
An denen ein fremdes Auge sich labt ...
Und ich? Ich hab diese Liebe *gehabt*.

Immer ferner, immer fremder
Wird mir, der mir einst so nah schien …
Warum wollte ich nur *ihn*?
Warum wollte ich ihn nur?
In ihm war doch keine Spur
Geist, der mir genügen konnte …
Wieso kams, daß ich mich sonnte
In der Stimme und dem Lächeln
Des verstoßnen Gottesknechtes?
Ach, er sagte nie was Rechtes,
Und doch ließ ich mich befächeln
Von der Stimme wie vom Wind,
Wenn die Sommerwolken sind
Schnee im Ozean aus Blau …
Nah war ich ihm nur als Frau,
Als ein nacktes Sinnenwesen,
So als hätt ich nicht gelesen
Und gedacht ein ganzes Leben.
Alles hätt ich hingegeben,
Würde, Sprache und Verstand,
Für des *Schönen* schöne Hand …
Immer ferner, immer fremder,
Schon sehr weit von mir entfernt …
Aber wenn er wiederkäme …
Ich hätt nichts dazugelernt.

Ich schleppe die Tage zu Ende
Und mit den Tagen mein Leben.
Die ersehnte Lebenswende
Wird es für mich nicht mehr geben.
Nur noch den Wechsel der Jahreszeiten.
Jetzt warte ich auf den Frühling hin.
Ich lasse die Tage entgleiten.
Ich finde keinen Sinn
Mehr, den ich umsetzen müßte
In Worte und damit in Tat.
Ich kann nicht so tun, als ob ich was wüßte,
Wenn ich nur denke: Verrat, Verrat.
Er hat mich verraten. Schnöde und kalt
Hat er mich einfach fallengelassen.
Daß es zu schwer ist, ihn nicht zu hassen.
Ich schleppe mein Leben. Jetzt bin ich *alt*.

Karussell II

Ausgeschlossen vom Glück.
Ausgeschlossen vom Leben.
Die es haben, können kein Stück
Von ihrem Glück abgeben.
Glück ist unteilbar, es ist ein Stein,
In verschlungenen Händen verborgen.
Die Glücklichen wollen sicher sein
Und nicht sich um andere sorgen.
Recht so. Sie haben tausendmal recht,
Wenn sie ihr Glück bewachen.
Natürlich: für mich ist es schlecht.
Ich muß das Beste draus machen,
Ausgeschlossen vom Leben,
Ausgeschlossen vom Glück,
Die es haben, können kein Stück
Von ihrem Glück abgeben.

Aus der Luft kann ich sie nicht holen,
Ihr Sauerstoff genügt mir nicht,
Und auch das gnadenreiche Licht
Hat nicht die Kraft, mich umzupolen
In positive Energie.
Ich bin zu negativ aufgeladen
Von falscher Liebe. Sie
Wird mir bis zum *Totsein* schaden.
Ich finde in mir nicht die Kraft,
Daß ich mich von ihr wende.

Ich bin der Häftling ohne Haft.
Verurteilt bis ans Ende.

Alle Verantwortung loszuwerden
Und ohne allzu viele Beschwerden
Die Tage des Alters hinzubringen,
Umgeben von den gealterten Dingen,
Die jung unser jüngeres Leben umgaben,
Nicht die Vergangenheit umzugraben
Und nichts zu hoffen, das wäre weise.
Einfach nur leben, verborgen und leise,
Mit der Gewißheit, es wird nichts geschehen,
Ich werde auf Erden nichts Neues mehr sehen.
Glaube und Hoffnung sind hingeschwunden,
Und ist die Liebe noch überwunden,
Werde ich ganz in mir genesen …

Sie aber ist das *Größte* gewesen.

Als ich an jenem umstürzenden Tag,
An dem ich den Menschen erstmals gesehn,
Heimfuhr, war ich gelähmt wie vom *Schlag*,
Denn unbegreiflich war etwas geschehn.
Ich war gelähmt und in Freude entschwebt,
Plötzlich vom Ballast der Trauer befreit.
Der Fahrer erzählte die ganze Zeit
Über die Schulter mir zu, wie er werkelt und lebt.
Ich fuhr berauscht mit ihm durch die Nacht.
Doch antwortete ihm, wie er sprach, profan.
Und dachte daneben: was hab ich gemacht,
Mein Gott, was hab ich mir angetan?
Ich habe gesagt, auf offener Szene,
Umstanden von Menschen, die hörten mich,
Rufen Sie an und sagen: der *Schöne*.
Und wenn ers nun tut und meldet sich
Und hat begriffen, ich bin ihm verfallen
Auf einen Blick und liebe ihn,
Dann bin ich verloren. Wehrlos. Mit allem
Willen muß ich mich entziehn.
Ich muß mich hindern, ihn wiederzusehen,
Aber vielleicht ruft er gar nicht an,
Dann kann mir auch kein *Leids* geschehen …
Er hat es begriffen und hat es getan.

Einmal, als ich vorüberging
An ihm, hat er meine Hand *eingefangen*
Und sie an sein Gesicht gelegt …
Ich wäre an ihm vorbeigegangen.
Er aber war da so bewegt,
Daß er sich meine Hand einfing
Und sie an seine Wange nahm …
Ich weiß nicht, wie es dazu kam,
Was wir einander geoffenbart.
Es war die Geste der Gegenwart
Eines Gefühls, das uns verband.
Er hat die Wärme meiner Hand
Sich lange schweigend einverleibt …
Das ist geschehen und es bleibt.
Wenn er es auch mit schweren Eiden
Abschwören und verleugnen sollte:
Es war da etwas mit uns beiden.
Und nicht nur *ich* wars, die es wollte.

Dichtung ist Selbstmord. Ich erdrossele mich.
Mit jedem Vers, den ich niederschreibe,
Ersticke ich mein atmendes *Ich*.
Daß ich am Leben bleibe,
Kommt wiederum nur davon her,
Daß ich den Mord begehe.
Denn sonst ertrage ich nicht mehr,
Daß ich mich nicht verstehe.

Mein *Rhythmus* ist auf Nacht eingestellt.
Ich entziehe mich der Tageswelt,
Um im Dunkel das Leben der Seele zu leben.
Ich habe mich der *Magie* ergeben.
Nicht zu erkennen, was die *Welt*
Im Innersten zusammenhält,
Auch nicht, um mein Lebensrätsel zu lösen.
Es ist unauflöslich. Es ist von bösen
Kräften zu Knoten mit Dornen verkettet.
So daß mich keine Weisheit rettet.
Ich suche mich magisch vom *Sinn* zu entbinden
Und die *Leere* im Innern der Rose zu finden,
Aus der ich hergekommen bin.
Ohne *Bewußtsein* find ich hin.

Ob er wohl eine Regung verspürt,
Wenn ich mit Rührung an ihn denke?
Mit Rührung. Er hat mein Leben berührt.
Nicht, daß ich meine Gedanken hinlenke
Zu ihm. Im Gegenteil,
Ich mühe mich, von ihm abzulassen.
Für Stunden scheints mir, ich bin wieder heil,
Und bilde mir ein, ich könnte ihn hassen ...
In Wahrheit ist alles Leugnen vergebens,
Auch der Versuch, ihm Schuld zuzuschreiben.
Er war das letzte Glück meines Lebens,
Und dieses letzte Glück wird er bleiben.
Wüßte ich nur, ob ihn etwas rührt,
Wenn meine Gedanken zu ihm gehen,
Ob er vielleicht eine Unruhe spürt
Und ob er meint, meinen Schatten zu sehen,
Wenn er in seiner Liebe ruht ...
Weiter will ich mich nicht vermessen.
Wüßte ich das, wäre alles gut:
Er hätte mich nicht ganz vergessen.

Kein andrer hat mich je so verletzt.
Er sagte: Der Platz neben mir ist besetzt.
Als er *nicht* besetzt war, waren Sie mir willkommen.
Sie haben mein Leiden an sich genommen,
Als ich an verstoßener Liebe litt.
Weil Sie mich liebten, litten Sies mit.
Ich habe die neue Liebe gefunden
Und bin mit ihr *vollkommen* verbunden.
Ich lebe wieder im Selbstgenuß.
Mit unsrer Vertraulichkeit ist jetzt Schluß,
Ich brauche sie für mich nicht mehr …
Natürlich: Verstoßen werden ist schwer.
Aber besser für Sie: ein Schreckensende,
Wenn ich mich ohne Gnade abwende,
Als Ihrer Liebe Nahrung zu geben,
Indem Sie mich hören und sehn. Überleben
Werden Sie schon. *Kraft* haben Sie genug …
So ehrlich sprach er. Und doch wars Betrug …
Zertrümmert ist mein Ur-Vertrauen.
Und keiner wirds mehr auferbauen.

In die Zukunft will ich nicht sehen.
Ich sehe mich elend zum Ende hin gehen.
Ohne Zuwendung, Liebe, fürsorgende Milde …
Wenn ich mir heimlich ein Urteil bilde
Über das Verhältnis meiner Söhne zu mir,
Sage ich ohne Illusion:
Sie sind gute Söhne, aber dennoch: Ihr
Für-mich-da-Sein wird sich in Grenzen halten.
Und wie auch anders? Kann denn ein Sohn
Der Hüter seiner Mutter sein?
Was soll er beginnen mit einer Alten,
Die vielleicht krank ist und altersblöde …
Ich richte mich auf Verlassenheit ein,
Auf Jahre der Leere, einsam und öde.
Darum will ich nicht in die Zukunft sehen:
Vom Schlimmen kann immer das Schlimmste geschehen.

Schöne Gedanken hab ich nicht mehr
Und mehr auch keine Menschenliebe.
Mechanisch geht alles. Knirschend und schwer
Bewegt sich mit mir das Lebensgetriebe.
Ich bewege nichts mehr. Es bewegt mich nur mit,
Weil die Mechanik sich weiterbewegt,
Ununterbrochen von dem, was ich litt.
Und noch hat das Leiden sich nicht gelegt.
Das Leben geht weiter. So simpel er ist,
Der Satz, den Narren und Weise aussprechen,
Er sagt die Wahrheit. So lange du bist,
Kannst du nicht aus dem Laufwerk ausbrechen,
In das du eingelagert bleibst,
Von Rädern und Riemen weitergerissen …
Bis eines Tages auch du wieder treibst:
Mit Menschenliebe und schönem Gewissen.

In jeder Menschenversammlung suche ich *ihn*.
Nicht ihn, nein, einen, der ihm gleicht.
Bisher hat mein Auge noch keiner erreicht,
Der den Zauber hatte, mich hinzuziehn,
Wie er mit einem Blick getan.
Ich sehe gelassen, spreche gelassen
Männer, die sich mir nähern und nahn,
Um mir von sich und von mir zu reden.
Ich höre aufmerksam freundlich auf jeden,
Der mir sagt, daß er ein und das andre Gedicht
Und wie oft und seit wann er mich schon *gelesen* ...
Ich danke höflich und bin so *neutral*,
Wie ich es vor ihm zu allen gewesen.
Ich sehne mich schmerzlich und weiß: nur *ein Mal*
War er zu finden. Er *läßt* mich nicht.
Wohin auch immer ich suchend gehe,
Am Ende ist es doch *sein* Gesicht,
Das ich statt all der anderen sehe.

Mehr als neun Monate ist es schon her,
Daß ich in Liebe zu ihm fiel.
Erst tarnte ich mich. Es ist nur ein Spiel,
Schrieb ich an ihn. Was da schon so schwer
Lastete auf mir, log ich ins Leichte,
Spielerisch tändelnd Ironische um.
Ich wahrte Haltung. Die offene Beichte
In meinem Alter: lächerlich dumm.
Dann haben mich Haltung und Anstand verlassen.
Ich schrieb ihm: ich liebe Sie zu sehr
Und bin nicht imstande, mich wieder zu fassen.
Ich bitte Sie: Kommen Sie nicht mehr her.
Kommen Sie nie mehr. Ich leide unsäglich,
Weil ich Sie liebe und Sie mich nicht.
Er kam trotzdem. Und ich war so kläglich,
Es zuzulassen und nicht den Verzicht
Zu leisten aus freiem Willen
Und mich zu retten beizeiten durch Flucht …
Dann war die Liebe nicht mehr zu stillen.
Ich war ihr verfallen als einer *Sucht*.

Vielleicht ist es nur verwirrte Chemie,
Sind es fehlgeleitete Botenstoffe,
Die den Wahnsinn machen, daß ich noch hoffe,
Er meldet sich wieder. Er meldet sich nie.
Er wird nie wieder zu mir sprechen.
Doch ich kann den Irrlauf nicht unterbrechen,
Der im Gehirn oder wo es sonst ist,
Bewirken mag, daß es ihn nicht vergißt.
Mit Willen komm ich dagegen nicht an.
Ich will und will es. Am Willen liegts nicht,
Daß ich ihn nicht vergessen kann.
Da ist was, das den Willen bricht.
Vielleicht ist ein boshaftes Molekül,
Ein Neurotransmitter außer der Art
Verantwortlich für mein falsches Gefühl.

Was nützt das Wissen. Die Liebe ist *hart*.

Lebensekel. Plötzlich und aus dem Hinterhalt.
Eigentlich ist heute gar nichts geschehn,
Kein Grund, mich brutal am Abgrund zu sehn,
Ganz ohne Hoffnung und widerlich alt.

Den Tag habe ich wie immer begonnen,
Zögernd suchend nach einem Sinn.
Plätschernd geschwätzig ging er dahin.
Mit Pflichtgesprächen ist er mir zerronnen.

Dann sah ich: mein Buch kriegt die falsche Schrift.
Ich habe nicht eisern genug verhandelt.
Der Nektar der Verse hat sich in Gift
Oder einfach nur in Wasser verwandelt.

Erst fiel mich hektische Unruhe an.
Und dann begann der Ekel zu steigen,
Weil ich mich nicht erwehren kann:
Beflissen, mich allen verbindlich zu zeigen.

In meinen Augen bin ich nichts wert.
Seit *er* mich verworfen hat, fühl ich es immer.
Der Ekel steigt. Es wird schlimmer und schlimmer.
Und keiner, der mich zu mir bekehrt.

Ich sollte wohl in ein Kloster gehn,
Um ganz der Eitelkeit zu entsagen,
Mich und die *Welt* in eins zu sehn …
Vielleicht kann ich mich da und alleine ertragen.

Ich strebe immer der *Suhle* zu,
Dem Schlamm der Gefühle, in dem ich mich suhle.
Es ist die Erinnrung, die ich umbuhle.
Wenn sie erwacht erst, komm ich zur Ruh.
Erst wenn die Nerven in Liebe vibrieren,
Bin ich mir meines Selbstseins bewußt.
Und mußte ich auch fast alles verlieren –
Verliere ich nicht die Erinnerungslust,
So ist mir doch *ein* Besitz geblieben.
Ich bin nicht arm. Ich kann noch lieben.

Ich bin eines *Anderen* Freude,
Der nicht *meine* Freude ist.
Noch immer ist *meine* Freude
Er, der mich nicht vermißt.
Er sagt zu seiner Liebe:
Unsere Freude stimmt überein.
Was mir der *Andre* auch schriebe:
Meine Freude kann er nicht sein.
Ich habe mit keinem Bemühen
Meine Freude gerührt und erweicht.
Der Andere könnte *glühen* –
Kein Funke, der mich erreicht.
Er gilt mir gleich wie ich
Meiner Freude war und bin …
Traurig zu denken: mich
Hat ein Andrer als Freude im Sinn.

Wenn ich auf dieser Liebe bestehe,
Die allem Wirklichen widerspricht,
Was ich als Wirklichkeit um mich sehe,
Ist es, als sähe ich das Licht
Millionen Jahre entfernter Sterne,
Die keiner sieht und die es doch gibt.
Ich folge durch Äonen und Ferne
Der Lichtspur dessen, den ich geliebt
Und den ich weiter lieben werde,
Im Widerspruch zur Wirklichkeit.
Erhoben über diese Erde
Und nach dem Maß der *Sternenzeit*.

Heut vor drei Jahren im Mittagslicht
Am letzten Tage des Januar
Starb er, der meine Seele war.
Mein Leib. Der einzige Leib, mit dem ich empfing
In eins die Sakramente der Lust.
Vor ihm – was habe ich da schon gewußt …
Ich *ahnte* Liebe nicht einmal.
Er riß mich an sich. Mir blieb keine Wahl,
Als er ganz einfach mit mir ging.
Schon in der ersten Nacht hat er mich *besessen*
Und hat nicht meinen Namen gewußt …
Und dann – wars fürs *Leben*. Nie zu vergessen
Er, meine Seele, mein Leib, meine Lust …
Doch auf den Toten kann ich nicht hoffen.
Erinnrung ist wie gefilmtes Leben.
So vollkommen der Film war – er ist nicht mehr offen.
Es hat das Schreckenswort *Ende* gegeben …
Heut vor drei Jahren im Mittagslicht
Am letzten Tage des Januar
Starb er, der meine Seele war …

Ohne Seele lebt es sich nicht.

Ich weiß, er kommt wieder, ich weiß es gewiß.
Eines Tages wird diese Liebe zerbrechen,
Wegen der er, zu meiner Bitternis,
Noch immer sich weigert, mit mir nur zu sprechen.
Dann wird er nach jener Wärme verlangen,
Nach der Tröstung, die er einst bei mir fand.
Er wird sich mir nahen mit Hangen und Bangen.
Ich werde ihn, jenseits von allem Verstand,
Empfangen ohne Bitternis.
Ich weiß, er wird kommen. Ich weiß es gewiß.

Die Winterkrankheit Depression,
Das Auf und Ab in Finsternis,
Wie nun so viele Winter schon,
Ich wußte ja, sie kommt gewiß.
Ihr dieses Jahr zu widerstehen,
Noch einen Schimmer Licht zu sehen,
Ich fürchtete, ich schaff es nicht …
Dann aber, wann ich sein Gesicht
Aufscheinen ließ in mir, war Licht.
Ich ließ es lindernd in mich gehen
Und Lichtung konnte mir geschehen.
Die Finsternis zerteilte sich:
Der mich vernichtet, rettet mich.
Ohne und gegen seinen Willen
Kann er die Krankheit in mir stillen.
Die Winterkrankheit Depression
Läßt nach und sie verläßt mich schon
Mit dem Beginn des Februar.

Ich sehe *Licht* für dieses Jahr.

Das *Weltall* könnte mir ein Echo geben,
Musik um Sternenwelten kreisen,
Und dann zurückfalln in mein Leben,
Es würde mir in nichts beweisen,
Daß ich der Liebe würdig bin …
Nur darum geht es. Meinen Wert
Soll mir ein *Mensch* in Liebe steigern …
Ich bin noch immer unbekehrt.
Noch immer hab ich *ihn* im Sinn,
Der sich entzog, mir zu verweigern,
Was ich von keinem andren will.
Ich rufe nicht mehr. Ich bin still.
Das *Weltall* könnte mir ein Echo geben,
Musik aus Sternenwelten um mich kreisen.
Der *Kosmos* kann mich nicht beweisen.
Irdisch und unbestätigt muß ich leben.

Ich kann ihm immer nur dankbar sein:
Er hat mein Leben herumgerissen.
Verließ er mich dann auch ohne Gewissen:
Er brach mit Gewalt in mein Leben ein,
Die schlafenden Sinne, die schlafende Seele …
Ich wußte wohl, daß ich selber mir fehle,
Doch wäre ich mich nicht suchen gegangen,
Ich hatte nur noch nach Ruhe Verlangen.
Er hat mir die dämmernde Ruhe geraubt.
Er machte mich sehen. Die ich ertaubt
War, er machte mich hören.
Er sollte die Trägheit der Seele zerstören,
Die ohne Lust war, von sich zu sprechen.
Er mußte kommen, mich niederzubrechen,
Damit ich mich *selbst* wieder aufrichten sollte.
Das wars, was das Leben mit ihm von mir wollte …
Und darum bin ich ihm Dank verschuldet
Für alles, was ich um ihn erduldet …

Ich brüte noch immer über dem *Glück.*
Ich rufe die *Sensationen* zurück,
Die mich im längst vergangenen Mai
Durchrasten. Wie über dem Ei,
Das unter ihr erstorben ist,
Die Glucke brütet, die man vergißt
Von ihrem sinnlosen Nest zu reißen,
Brüte ich immer noch über dem Kreißen
Des ersten Gefühls, das ich für ihn empfand,
Um zu ergründen, wo es entstand?
Im Leib, in der Seele, wo war es in mir?
War es nicht anders das läufige Tier,
Oder war es doch mehr in der Seele,
Die fühlte, daß ihr ein Gegenstand fehle,
Um ihn zu lieben als *Meinundallein*?
Woher kam das einfältig Seligsein,
Das in nichts durch nichts gerechtfertigt war?
Und doch: es knisterte selbst mein Haar
Vor Glück und im ganzen Leibe
Krampften sich *Wehenalswenn*: ich treibe
Aus totem Holze Lebenstriebe ...
Dann kam der Schrecken Entsetzen: ich liebe ...
So brüt ich noch immer über dem Glück.
Wohl wissend, es war und kommt nicht zurück.

Zeit, endlich frei zu werden von *ihm*.
Ich bin so munter wie möglich am Tage.
Keine Klage von *mir*, und keine Frage
Von andren. So innig intim
Ist keiner mit mir, daß er wagen würde
Zu fragen: ist sie wahr, die Geschichte?
Gibt es den Mann, oder sinds nur Gedichte?
Balanciertest du zum Schein eine Bürde?
War es vielleicht nur ein *Spielversuch*?
Ich stehe weiter unter dem Fluch,
Ihn zu lieben. Ich kann nichts denken
Als ihn. Zwar ich versuche mich abzulenken
Zu meinen Alltagspflichten hin.
Doch hat das Bemühen gar keinen Sinn.
Ich muß im Guten oder Bösen
Zuerst das Zauberrätsel lösen.
Die *Kröte Liebe* hockt in mir,
Den Lebensquell versetzend. Und das Tier
Wuchert und quillt, weicht nicht hinfort.
Und mir fehlt das Erlösungswort,
Das Ungeheuer auszutreiben …
Ewig ja wird es wohl nicht bleiben.
Wenn ich verzehrt bin, geht es ein,
Und ich werd frei von Liebe sein …

Der *Schöne* hat mir sein Bild gesandt …
Wie oft hatte ich darum gebeten.
Jetzt kann ich ihm gegenübertreten
Und kann direkt und unverwandt
In seine eisblauen Augen sehen …
Das Relief des zerklüfteten Gletschergesichts
Ist meinen Forschungen offen …
Empfinde ich Liebe? Fühle ich nichts?
Jedenfalls nichts mehr mit Hoffen.
Die wabernden Bilder in mir gehn ein.
Ich schließe die Akte des *Schönen*.
Ich will mich mit meinem Leben versöhnen.
Er wird nur noch ein Foto sein,
Das mir durch Zufall dann und wann
Begegnet in späteren Jahren …
Was oder wie wohl fühle ich *dann*?
Ich werde es erfahren.

Ach, konnte es doch anders kommen.
Ach, hätte er mich doch angenommen.
Das traute Gesicht neben meinem zu wissen.
Im Dunkel der Nacht auf *einem* Kissen
Liegen und Liebe zu sprechen …
Es ist nicht und zum Herzzerbrechen.
Was *ich* nicht besaß, hat *er* mir genommen.
Ach, wäre es doch anders gekommen.